Die Blauen Boys

Mit List und Tücke

Text: Raoul Cauvin Zeichnung: Willy Lambil

CARLSEN VERLAG

CARLSEN COMICS
Lektorat: Andreas C. Knigge und Uta Schmid-Burgk
1. Auflage September 1992
© Carlsen Verlag GmbH · Hamburg 1992
Aus dem Französischen von Harald Sachse
DES BLEUS ET DES BOSSES
Copyright © 1989 by Lambil, Cauvin and Editions Dupuis, Charleroi
Redaktion: Isabelle Dickert
Druck und buchbinderische Verarbeitung:
Aarhus Stiftsbogtrykkerie (Aarhus/Dänemark)
Alle deutschen Rechte vorbehalten
ISBN 3-551-71818-0
Printed in Denmark

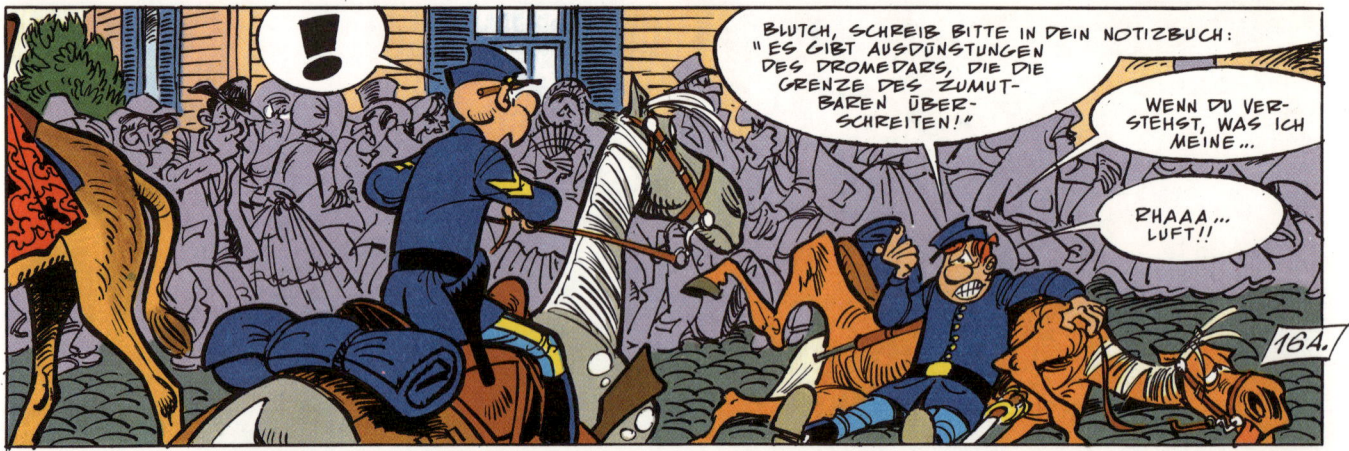

FLATSCH
FLATSCH
FLATSCH
FLATSCH
FLATSCH
FLATSCH
FLATSCH
FLATSCH
FLATSCH
FLATSCH
HE, SIE DA! WARUM SIND SIE NICHT BEI DEN ANDEREN?
MEIN PFERD FÄNGT AN ZU LAHMEN, SERGEANT... ES MUSS SICH EINE ZERRUNG ZUGEZOGEN HABEN, ALS ES DURCH DIESEN SCHLAMM HIER GALOPPIERT IST!
DANN SAUSEN SIE JETZT IM LAUFSCHRITT ZU DEN ANDEREN! HOPP! HOPP! HOPP!
ÄH... ICH BIN KAVALLERIST! KEIN INFANTERIST!
35A.
HOPP! HOPP! HOPP! HOPP!
MAN KANN IHNEN NUR SCHWER ETWAS ABSCHLAGEN!
WIE IST DIE LAGE?
BESCHISSEN! DIE SÜDSTAATLER HABEN SICH DA OBEN VERSCHANZT! DAS GIBT EIN GEMETZEL!
HE, RALPH! HAST DU GEHÖRT?
JA, UND?
WAS HAT ER GESAGT?
ES SCHEINT UNS AN DEN KRAGEN ZU GEHEN, JUNGS!
HE, ES REGNET NICHT MEHR!
DADIDADUM DUM DUM
NA ENDLICH! DAS WURDE AUCH HÖCHSTE ZEIT!
BIST DU IN ORDNUNG, JEFF?
WIR HELFEN DIR DA RAUS!
NEIN, NEIN...
WAS HÄTTE ICH MEINER SCHWESTER DENN SAGEN SOLLEN?
GANZ RICHTIG, ALTER! MIT EINER FRAU KANNST DU NUR DISKUTIEREN, WENN DU DIE KLAPPE HÄLTST!
SCHNELLER!
SACHTE, JA? NUR KEINE PANIK!
35B.

UNTERDESSEN...

ABER...?! WAS...?! OOOH!

WHAM

W... WAS... WAS IST LOS... MIT MIR? ICH... ICH...

SERGEANT! SERGEANT! HE SERGEANT!

AH! ER KOMMT ZU SICH...

WER... WER SEID IHR?
WIR SIND VON DER INFANTERIE, COLON... SIE HABEN SO KOMISCHE VERRENKUNGEN GEMACHT!
INFANTERIE?! NORMALERWEISE IST DIE KAVALLERIE RECHTZEITIG ZUR STELLE! IHR... IHR SEID DOCH IMMER ZU SPÄT DA!
NA JA... WIR WAREN NICHT SCHARF DARAUF, UNS ABKNALLEN ZU LASSEN!
BLUTCH?! WO IST BLUTCH?
EHRLICH GESAGT... ER IST ES, DER UNS SCHICKT ... ER IST ÜBERZEUGT, DASS SIE IMMER NOCH GLAUBEN, ER HABE SICH NUR DRÜCKEN WOLLEN!
TJA... UND DA HAT ER UNS GEBETEN, SIE EIN WENIG ZU BERUHIGEN!
MICH BERUHIGEN?? BLUTCH?! WO STECKST DU, DU FEIGLING?
HIER, SERGEANT!
HE! HE! HE! FREUE MICH, DICH STEHENDEN FUSSES ZU SEHEN! ALLES KLAR?
37A
NEIN!
SCHTONG
HE! HO! WAS REGST DU DICH DENN SO AUF?
ALSO... MIR WILL EINFACH NICHT IN DEN KOPF, WIE DIE ES GESCHAFFT HABEN, FRÜHER DA OBEN ZU SEIN ALS WIR!
DIE HABEN SICH DA OBEN SO GUT EINGENISTET, DASS MAN MEINEN KÖNNTE, SIE SEIEN SCHON SEIT TAGEN DORT!
ICH WEISS, WIESO SIE VOR UNS DA SEIN KONNTEN! SIE HABEN GANZ EINFACH IHR MATERIAL VON DROMEDAREN DA HINAUFBRINGEN LASSEN!!
VON DROMEDAREN?! DIE HABEN ES GESCHAFFT, DROMEDARE ZU ZÄHMEN?
NICHT SIE HABEN ES GESCHAFFT! WIR WAREN ES!
WIE?! WAS HEISST DAS?! DRÜCKEN SIE SICH MAL DEUTLICHER AUS!
GEHEN WIR INS ZELT... HIER IST ES ZIEMLICH KALT!
37B

SPÄTER …
ICH GLAUBE, DER LIEUTENANT MEINTE ES ERNST UND DACHTE WIRKLICH, DIESE TIERE GEHÖRTEN NICHT IN EINE ARMEE!
LIEUTENANT LOVELACE SOLL SOFORT HIERHERKOMMEN! AUF DER STELLE!
UND SIE, DER SIE SICH MIT DROMEDAREN JA SO GUT AUSKENNEN, HOLEN SIE ZURÜCK, MITSAMT IHREM @☆! DOMPTEUR!
ACHMED? ABER WENN DER NUN NICHT WILL?
JEDENFALLS HATTE ICH RECHT.
DANN LIQUIDIERT SIE… ALLE! IHN UND SEINE VERFLUCHTEN VIECHER! ICH WILL NICHT, DASS SICH DER FEIND UNSERES MATERIALS BEDIENT!
TJA … DEN GENERAL HAT, GELINDE GESAGT, DER SCHLAG GETROFFEN!
38A
DAS DUMME IST NUR …
ICH WEISS BESCHEID, ICH HABE ALLES MIT ANGEHÖRT! ER WILL, DASS MAN DIE DROMEDARE ENTWEDER ZURÜCKHOLT ODER ABKNALLT!
DAS BRÄCHTE ICH NIE FERTIG!
MEINST DU VIELLEICHT, ICH? WIR VERSUCHEN ZUERST, SIE ZU BEFREIEN … UND FALLS UNS DAS WIDER ERWARTEN NICHT GELINGEN SOLLTE, WEISS ICH AUCH SCHON, WAS WIR DANN MIT IHNEN MACHEN!
SIE DACHTEN…! SIE DACHTEN…! UND DIE DREI VIERTEL MEINER KAVALLERIE, DIE AUF DEN HÄNGEN DIESES @☆! HÜGELS GEBLIEBEN SIND…? UND CAPTAIN STARK, DER IM KAMPF SCHWER VERWUNDET WURDE? WAS, GLAUBEN SIE WOHL, DENKEN DIE?
HÄTTEN WIR DIESE TIERE GEHABT, DANN WÜRDEN WIR JETZT DA OBEN MIT WAFFEN UND GEPÄCK DIE STELLUNG HALTEN! UND ES WÄREN DEREN TOTE, DIE SICH AUF DEN FEUCHTEN ABHÄNGEN DIESES @☆! HÜGELS DEN HINTERN NASS MACHEN WÜRDEN!
RHOOO! HERR GENERAL, MÄSSIGEN SIE SICH!
DA WIR DANK IHRER DUMMHEIT KEINE DROMEDARE HABEN, WERDEN WIR SIE AN IHRER STELLE EINSETZEN! HELFEN SIE DEN MÄNNERN, DIE KARREN AUS DEM DRECK ZU ZIEHEN!
VORWÄRTS, SOLDAT LOVELACE!
38B

41

SO KAPIER DOCH... SIE WOLLEN SIE FERTIGMACHEN, DEINE DROMEDARE! IHNEN IMMER SCHWERERE LASTEN AUFBÜRDEN ODER SIE MITTEN INS KAMPFGETÜMMEL SCHICKEN!
UND WENN DU ZU UNS ZURÜCKKOMMST, WIRD ES GENAU DASSELBE SEIN! DIE SIND KEINEN DEUT BESSER, GLAUB MIR... SIE SIND ALLE GLEICH!
RUHIG... IST JA GUT...
GLAUB MIR... DU MUSST WEG VON HIER MIT DEINEN TIEREN... GANZ WEIT WEG!
DU MACHST MIR SPASS! WO SOLL ER DENN HIN?
ICH HABE EINE KARTE! SIEH HER! WENN DU HIER IN RICHTUNG WESTEN GEHST, KOMMST DU IN DIE WÜSTE...! VERSTEHST DU...? WÜSTE!
WÜSTE! SAND! GENIAL! GENAU DAS, WAS SIE BRAUCHEN!
DU GEHST DA LANG... IMMER GERADEAUS! DORTHIN, WO DIE SONNE UNTERGEHT, VERSTEHST DU, ACHMED?
KANN ER SICH MAL LANGSAM ENTSCHEIDEN?
40A
RUHIG... IST JA GUT! MANNOMANN...
SCHHHT!
SITZ! SITZ, HAB ICH GESAGT!
إنني مُوافِقٌ مَعَكَ يا أخي!!
ER HAT SICH ENTSCHIEDEN!
UFF!
DANN LOS! VERLIEREN WIR KEINE ZEIT!
BROMBOM
40B

ALAAARM!

GREUU   BREEUW

WAS IST DA LOS? — DIE DROMEDARE, CAPTAIN! SIE HAUEN AB!

@*☆✱!*... DARAUF SIND SIE DOCH NICHT VON ALLEIN GEKOMMEN! DA HAT DOCH JEMAND NACHGEHOLFEN!

BESTIMMT DER KAMELFÜHRER!! VIELLEICHT IST ER WIEDER ÜBERGELAUFEN!

AUS DEM KERL WERDE ICH COUSCOUS MACHEN!

SCHNELLER! SONST SIND SIE WEG!

ES IST ZU GEFÄHRLICH, CAPTAIN! DER BODEN IST SUMPFIG! DIE PFERDE KÖNNTEN SICH DIE BEINE BRECHEN!

OKAY! DEN KONFÖDERIERTEN ENTWISCHT! JETZT DIE UNSEREN! SIE DÜRFEN UNS AUF KEINEN FALL SEHEN! SIND WIR	

إهبط أرضاً

ACHMED! WAS TUST DU DA?

LASS IHN NUR, SERGEANT! DER KOMMT SCHON WIEDER... ICH GLAUBE, ER HAT NOCH EINE RECHNUNG ZU BEGLEICHEN!

AUFLADEN, ABLADEN, AUFLADEN! HAB DIE SCHNAUZE VOLL! DIE GANZE NACHT GEHT DABEI DRAUF!

WIE MAN HÖRT, HAT DER GENERAL ENTSCHIEDEN, DEN HÜGEL ZU UMSTELLEN! BEI TAGESANBRUCH MACHEN WIR UNS AUF DEN WEG!

HE, LOVELACE!

WAS SO EINE DEGRADIERUNG DOCH AUSMACHT!

HALT DIE SCHNAUZE!

HA! HA! HA! HA! HA!

?!

BLAM

AUAUAUAUAUAUAUA...

HE... WAS HAT DER DENN AUF EINMAL?

قف!

DA IST ER!

HIER TRENNEN SICH UNSERE WEGE, ALTER!

الله معكم!

VIEL GLÜCK!

MACH'S GUT, ACHMED!

DASS MAN FÜR EIN PFERD, EINEN HUND, EINE KATZE, EINEN VOGEL ETWAS EMPFINDEN KANN, WUSSTE ICH JA SCHON IMMER! ABER ICH HÄTTE NIE GEGLAUBT, DASS MIR DER ANBLICK DAVONZIEHENDER DROMEDARE SO ZU HERZEN GEHEN WÜRDE ...
SOLL ICH DIR WAS GESTEHEN, SERGEANT?
ICH BIN GANZ DEINER MEINUNG! AUSNAHMSWEISE... GEHEN WIR ZURÜCK? ES WIRD KALT!
GLAUBST DU, SIE SCHAFFEN ES BIS ZUR WÜSTE?
ABER SICHER... WILDE KAMELE GIBT ES IN DIESER GEGEND SCHON SEIT JAHREN! NIEMAND WÄRE ERSTAUNT, SIE ZU SEHEN!
UND WAS ERZÄHLEN WIR DEM GENERAL?
DASS WIR SIE BEFREIT HABEN UND DASS SIE PLÖTZLICH VERSCHWUNDEN WAREN... IHM GEHT ES DOCH NUR DARUM, DASS SIE DEN KONFÖDERIERTEN NICHT IN DIE HÄNDE FALLEN!
KURZ, ALLES STEHT ZUM BESTEN IN DER BESTEN ALLER WELTEN!
44A.
SO, GLAUBST DU?
WAS IST DENN JETZT IN DICH GEFAHREN?
UND DIE @★#! KISTE MIT KRIEGSMATERIAL, DIE DU GELEERT HAST, HE? WEISST DU EIGENTLICH, DASS ICH DEINETWEGEN FAST ERSCHOSSEN WORDEN WÄRE?!
NUN FANG NICHT WIEDER DAMIT AN! DAS IST DOCH SCHNEE VON GESTERN!
NOCH NICHT!
POF
JETZT GEHT'S MIR BESSER!
ICH BIN NICHT NACHTRAGEND.
DU HAST GLÜCK! ICH VERGESSE SCHNELL!
ICH WERDE MICH MEIN LEBEN LANG FRAGEN, WARUM ICH NICHT MIT ACHMED UND DEN DROMEDAREN GEGANGEN BIN!
Ende
LAMBIL - CAUVIN
Arabische Texte: KIKO

Die Welt von ÜBERMORGEN

AKIRA
von Katsuhiro Otomo

Im Tokio des Jahres 2030 experimentiert die Armee mit einer neuen Superwaffe: greisenhaften Kindern mit übernatürlichen Kräften. Das gefährlichste von ihnen, Akira, wird in einer unterirdischen Eiskammer in künstlichem Tiefschlaf gehalten, da sich seine Kräfte nicht beherrschen lassen. Aber eines Tages erwacht Akira aus seinem Kälteschlaf... Mit über 2.000 Seiten ist dieser japanische Superbestseller – bereits erfolgreich verfilmt – die längste Comic-Erzählung aller Zeiten!

BARBARELLA
von Jean-Claude Forest

Barbarella, die während ihrer Abenteuer im All nur zu gerne aus ihrem knallengen Raumanzug steigt, um sich mit Wesen von anderen Planeten zu vergnügen, ist die charmante Heldin in diesem unübertroffenen Klassiker der erotischen Comics. Erstmals erscheint diese Kultserie jetzt vollständig in deutscher Sprache.

DER EWIGE KRIEG
von Joe Haldeman und Marvano

Unbekannte Lebensformen überfallen in einer abgelegenen Galaxie Raumfrachter von der Erde. Eine Eliteeinheit bricht in die Tiefe des Alls auf, um die Tauren zu bekämpfen. Autor Joe Haldeman, der als Soldat in Vietnam war, liefert hier »eine literarische Abrechnung mit einem sinnlosen Krieg« (Lexikon der SF-Literatur).

JEREMIAH
von Hermann

Ein gewaltiger Krieg hat unsere Zivilisation ausgelöscht. In einer neuen Welt, in der neue Gesetze herrschen, müssen sich Jeremiah und sein Freund Kurdy gegen mörderische Gefahren behaupten. Ein Zukunftswestern der Spitzenklasse!

JOHN DIFOOL
von Alexandro Jodorowsky und Moebius

Ehe er sich versieht, wird Privatdetektiv John Difool, der Held dieser meisterhaft konstruierten SF-Oper, zur meistgesuchten Person des gesamten Universums. Die Incal-Saga ist »ein Epos von beinah homerischen Dimensionen, und es ist fast genausoviel darin los« (Comic Jahrbuch).

MAJOR GRUBERT
von Moebius

Mit Major Grubert hat der französische Starzeichner Moebius eine der verrücktesten Figuren der Comic-Geschichte geschaffen. In dieser Reihe werden erstmals alle Grubert-Storys vollständig und teilweise von Moebius neu koloriert nachgedruckt.

DAS ROBOT-IMPERIUM
von Michael Götze

Die Roboter, einst zum Wohle der Menschheit geschaffen, haben sich längst über ihre Schöpfer erhoben. Nur eine Handvoll Überlebender leistet noch Widerstand gegen das Robot-Imperium. Diese spannende Comic-Serie entstand vollständig am Computer!

ROCCO VARGAS
von Daniel Torres

Der ehemalige »Sternenflieger« und jetzige SF-Autor Rocco Vargas ist der Held dieser rasanten und mit spritzigem Humor durchsetzten Serie im New-Wave-Style, die ihren spanischen Zeichner Daniel Torres weltberühmt machte.

DIE SCHIFFBRÜCHIGEN DER ZEIT
von Jean-Claude Forest und Paul Gillon

Hundert Jahre haben Christopher und Valerie in einer Kapsel im All verbracht, um die Seuche zu überstehen, die die Menschheit Ende des 20. Jahrhunderts bedrohte. Als Chris aus dem Tiefschlaf erwacht, ist seine Begleiterin verschwunden. Forest und Gillon haben hier eine der faszinierendsten und intelligentesten SF-Serien überhaupt geschaffen.

VALERIAN UND VERONIQUE
von Pierre Christin und Jean-Claude-Mézières

Valerian und Veronique sind Agenten des »Raum-Zeit-Service«, der von Galaxity aus operiert. Ihre Reisen in entfernte Sonnensysteme der Vergangenheit und der Zukunft reflektieren mit hintergründigem Witz auch Probleme unserer Gegenwart. Die erfolgreichste europäische SF-Serie!

CARLSEN COMICS

Die atemberaubenden Science-Fiction-Comics bei Carlsen.
In jeder modernen Buchhandlung!

SPASS und SPANNUNG

ALFRED JODOCUS KWAK
von Herman van Veen, Hans Bacher und Harald Siepermann

Die große Comic-Serie nach Herman van Veens erfolgreicher Musikfabel! Die Abenteuer der gewitzten Ente Kwak wurden auch für das Fernsehen verfilmt.

BENNI BÄRENSTARK
von Peyo

Der kleine Benni ist unheimlich stark – bärenstark. Nur wenn er sich erkältet hat, schwinden seine Kräfte. Und leider bekommt Benni meist in den größten Gefahren seinen Schnupfen.

DIE BLAUEN BOYS
von Cauvin und Lambil

Gegen ihren Willen finden sich Corny Chesterfield und sein Freund Blutch eines Tages in der Uniform der US-Kavallerie wieder. Ein Western-Comic voller spritzigem Humor und fesselnder Spannung!

CUBITUS
von Dupa

Cubitus, die gewichtige Hundepersönlichkeit, ist mit allen Wassern gewaschen, wenn es darum geht, sein Herrchen zur Verzweiflung zu treiben. Nur dem feisten Nachbarkater ist er nicht immer gewachsen.

GASTON
von André Franquin

Mit seinen verrückten Einfällen und Erfindungen bringt der Bürobote Gaston die gesamte Belegschaft des Carlsen Verlages an den Rand des Wahnsinns. Gaston ist die größte Katastrophe, seit es Comics gibt!

HARRY UND PLATTE
von Will, Tillieux und Desberg

Immer neue, spannende Fälle müssen die beiden Hobbydetektive Harry und Platte mit Mut, Geschick und Witz lösen. Am Ende haben die Gangster meist nichts zu lachen...

JEFF JORDAN
von Maurice Tillieux und Gos

Dem Privatdetektiv Jeff Jordan ist kein Fall zu gefährlich. Ihm zur Seite stehen Teddy, ein ehemaliger »schwerer Junge«, sowie der unnachahmliche Inspektor Stiesel.

DIE ABENTEUER DES MARSUPILAMIS
von André Franquin, Bâtem, Greg und Yann

Der palumbianische Urwald, die Heimat des Marsupilamis, wurde noch von kaum einem Menschen betreten. Was das gelbe Wundertier mit dem neun Meter langen Schwanz hier erlebt, schildert diese witzige Albumreihe.

NATASCHA
von François Walthéry

Natascha, die gewitzte Stewardeß, erlebt spannende Abenteuer in aller Welt, die sie mit kühlem Kopf und viel Witz meistert.

PEER VIKING
von Dick Matena

Wikinger-Häuptling Peer hätte gern einen wackeren Krieger zum Sohn, doch Thor hat sich etwas ganz anderes in den Kopf gesetzt: Er will Dichter werden.

PERCY PICKWICK
von Turk, Bédu, de Groot und Raymond Macherot

Sehr »britisch« ist die Lebensart von Percy Pickwick, dem Geheimagenten ihrer Majestät. Seinen gefährlichen Beruf bewältigt Pickwick mit viel Humor.

SAMMY UND JACK
von Cauvin und Berck

Im Amerika zur Zeit Al Capones meistern Sammy und Jack ihre gefährlichen Spezialaufträge mit viel Witz und Ironie.

SPIROU UND FANTASIO
von André Franquin, Fournier, Cauvin, Broca, Tome und Janry

Nichts ist aufregender als ein Tag im Leben von Spirou und seinem Freund Fantasio. Als Reporter erleben sie überall in der Welt spannende Abenteuer und witzige Situationen.

TIM UND STRUPPI
von Hergé

Tim und Struppi, der immerzu fluchende Kapitän Haddock, die Detektive Schulze und Schultze, Professor Bienlein und die unnachahmliche Sängerin Castafiore begeistern seit über 60 Jahren ihre Leser »zwischen 8 und 80« in aller Welt!

YOKO TSUNO
von Roger Leloup

Die japanische Elektronik-Spezialistin Yoko Tsuno und ihre Begleiter Vic und Knut erleben phantastische Abenteuer im Weltraum und auf der Erde.

FRED FLAMINGO
von René

Nicht überall geht es so gemütlich zu wie auf der guten alten Erde. Diese Erfahrung muß der Raumtaxiunternehmer Fred Flamingo immer wieder machen, wenn es darum geht, sich auf fremden Planeten mit Witz und Pfiff durch gefährliche Abenteuer zu lavieren.

CARLSEN COMICS

In jeder modernen Buchhandlung!